KB244859

현북스에서 펴낸 장 드 브루노프 그림책

지은이 장 드 브루노프(1899.12.9-1937.10.16)

프랑스에서 화가로 활동했던 장 드 브루노프는 글과 그림을 통합한 새로운 형식의 그림책 바바 시리즈로 프랑스를 대표하는 그림책 작가가 되었습니다. 비록 폐결핵에 걸려 37세의 젊은 나이에 생을 마감하였지만, 그림책도 예술 작품이 될 수 있다는 그의 생각은 이후 많은 그림책 작가들에게 영향을 주었습니다.

옮긴이 길미향

한국외국어대학교 대학원에서 불어를 공부했습니다. 현재는 도서를 국내외에 소개하는 일과 전시 기획을 하고 있습니다.
'2009년 동화책 속 세계 여행(예술의 전당)' 전시를 기획했고, 옮긴 책으로는 〈비밀의 집 볼뤼빌리스〉 〈잃어버린 천사를 찾아서〉 〈비밀의 정원〉 〈나침반〉 〈굿바이 수학〉 〈4년 6개월 3일〉 등이 있습니다.

아빠가 된
바바 왕

펴낸날 2012년 6월 18일 초판 1쇄 | 2012년 8월 1일 초판 2쇄
지은이 장 드 브루노프
옮긴이 길미향

펴낸이 김남호
펴낸곳 현북스(주)
출판등록 2010년 11월 11일 제313-2010-333호
주소 121-895 서울시 마포구 서교동 404-5 씨즈빌딩 201호
전화 (02)3141-7277 / 팩스 (02)3141-7278
홈페이지 www.hyunbooks.co.kr

편집책임 조정원
디자인 나모커뮤니케이션
마케팅 송유근

ISBN 978-89-97175-19-2 17860
ISBN 978-89-97175-17-8(세트)

아빠가 된
바바 왕

장 드 브루노프 지음 | 길미향 옮김

현북스

어느 날 아침, 바바 왕이 코넬리우스를 불렀어요.

"코넬리우스, 기쁜 소식이 있어요.
셀레스트 왕비가 곧 아기를 낳을 겁니다."

그리고 의자 위를 가리키며 말했어요.

"여기 이 모자를 쓰고, 편지를 가지고 가서
셀레스트빌에 사는 코끼리들에게 읽어 주십시오."

코넬리우스는 바바 왕에게 축하 인사를 했어요.
그리고는 모자를 쓰고, 군악대에게 궁전 앞에서 북을 두드리게 했어요.

코끼리들이 모여들자 코넬리우스는 바바 왕의 편지를
큰 소리로 읽었어요. 코끼리들은 가만히 귀를 기울였어요.

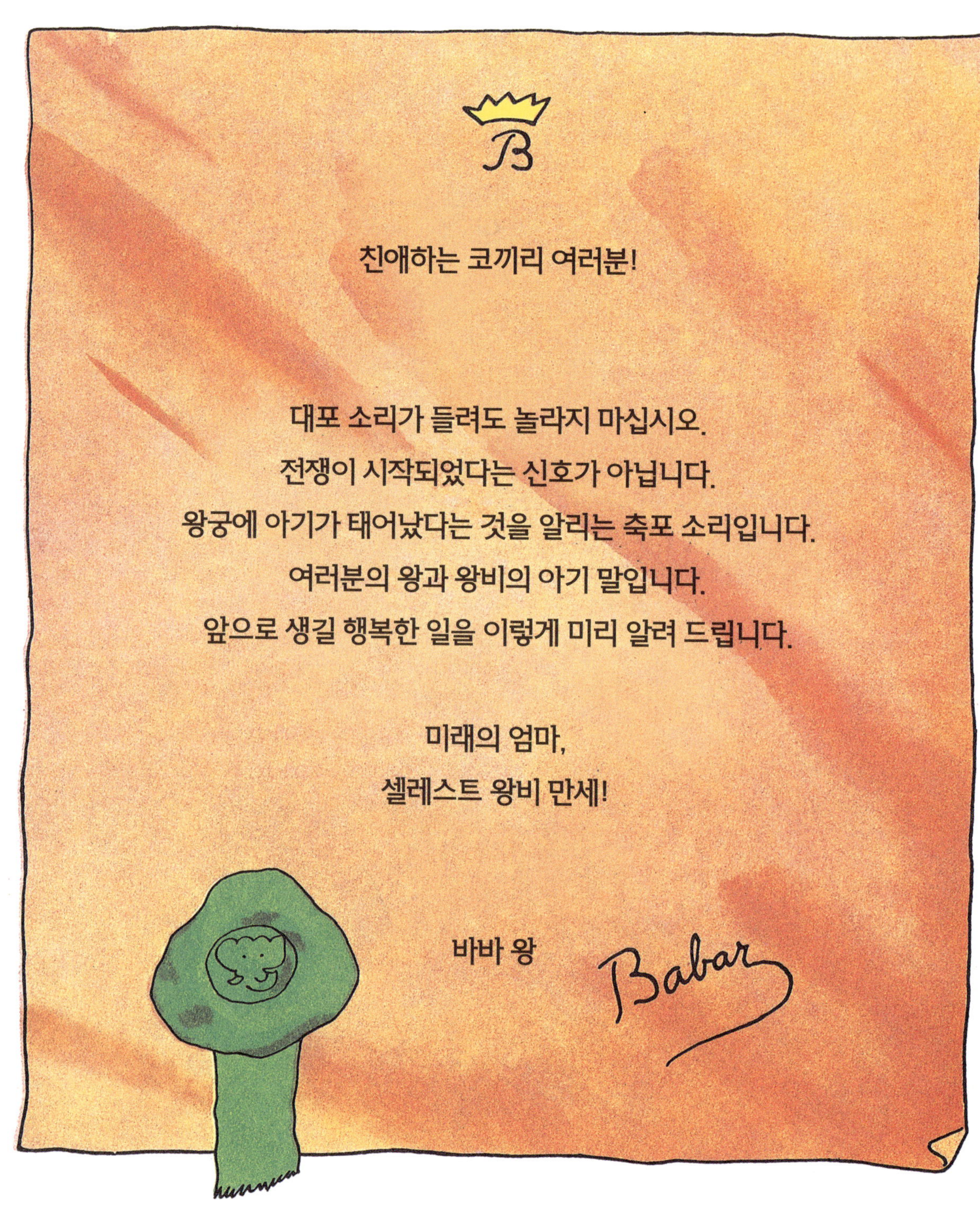

코넬리우스는 바바 왕의 편지를 또박또박 읽었어요.

한편, 바바 왕은 책을 읽으려고 했어요.
하지만 자꾸 딴생각이 났어요.

바바 왕은 편지를 쓰려고 했어요.
하지만 자꾸 딴생각이 났어요.

바바 왕은 아기 생각밖에 없었어요.
'아기는 누구를 닮았을까? 건강할까?'
바바 왕은 빨리 아기를 보고 싶었어요.

셀레스트 왕비는 바바 왕에게 자전거를 타고 한 바퀴 돌고 오라고 했어요.
바바 왕은 한참 달린 끝에 풀밭에 앉았어요.
그리고 멀리 풍경을 바라보았어요.

"바로 저 성 위에서 축포가 발사되겠지?"

바바 왕이 중얼거렸어요.

바로 그때, **쾅!** 하는 축포 소리가 들렸어요.

바바 왕은 자전거를 타고 허겁지겁 왕궁으로 돌아갔어요.

성 위에서 군인들이 축포를 쏘고 있었어요.
첫 번째 축포가 날아갔어요.
곧 이어 두 번째, 세 번째 축포가 날아갔어요.

코끼리들은 군인들이 축포를 왜 세 번씩이나
쏘았는지 무척 궁금했어요.
코넬리우스 역시 어리둥절했어요.
바바 왕도 이상하게 생각했어요.
바바 왕은 왕궁에 도착하자마자,
셀레스트 왕비에게 갔어요.

셀레스트 왕비는 웃으며
바바 왕에게 아기 셋을 보여
주었어요.
그제야 바바 왕은 이유를
알았어요. 왕의 아기가
태어나면 축포를 한 번 쏘는데,
아기가 셋이 태어났으니
축포도 세 번이었던 거지요.

바바 왕은 한꺼번에 아기 셋을 보게 되어 정말 기뻤어요!
아더와 제피르는 바바 왕이 갓난아기들을 봐도 좋다고 하자
조심스럽게 요람에 다가가 소곤댔어요.

"와, 정말 작다!"

"진짜 귀여워!"

셀레스트 왕비에게는 요람이
하나밖에 없었어요.
그래서 간호사가 준비해 둔
바구니와 수건, 햇빛 가리개에
아기 둘을 눕혔어요.
모양은 투박했지만 아기들은
따뜻하고 편안했어요.

세 아기는 커다란 유모차에 나란히 잠들어 있었어요.
많은 코끼리들이 축하하러 왔어요.

푸티푸르 부부는 과일을, 닭들은 달걀을, 정원사는 꽃을 가져왔어요.
요리사들은 케이크를, 코넬리우스는 딸랑이를 가져왔지요.

바바 왕과 셀레스트 왕비는 아기 이름을 세 개 지어야 했어요.
아기들이 태어나기 전에 지어 놓았던 이름들을 다시 생각해 보았어요.

'폼, 파트, 피에르? 쥘, 장, 자크? 알렉산더? 에밀? 밥티스트?'

셀레스트 왕비가 바바 왕에게 말했어요.

"딸 이름은 '플로르'라고 했으면 좋겠어요."

바바 왕이 말했어요.

"두 아들에게는 '폼'과 '알렉산더'라는 이름이 좋겠군요."

바바 왕과 셀레스트 왕비는 이름들을 몇 번씩 불러 보았어요.

"좋아요. 이 이름들로 해요."

바바 왕과 셀레스트 왕비는 아기들 이름이 마음에 들었어요.

의사 카풀로스가 일주일마다 커다란 저울로 아기들의 몸무게를 쟀어요.
어느 날, 카풀로스가 셀레스트 왕비에게 말했어요.

아기들은 우유를 잘 먹었어요.
아더와 제피르는 아기들이 우유 먹는 모습을 보는 게 즐거웠어요.
제일 많이 먹고, 가장 쑥쑥 큰 아기는
셀레스트 왕비가 안고 있는 폼이었어요.
폼은 우유 한 통을 다 먹고도 더 달라고 보챘어요.

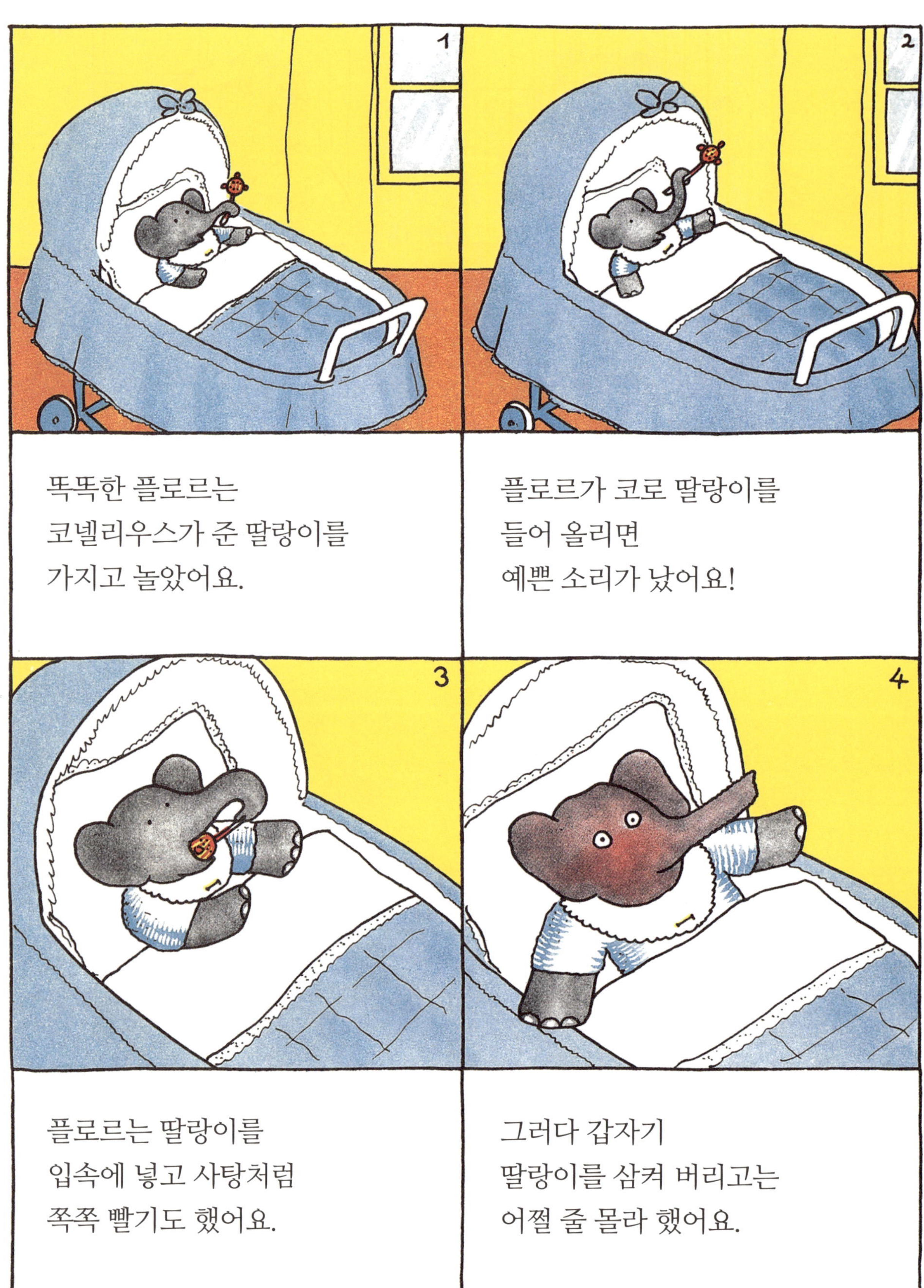

똑똑한 플로르는
코넬리우스가 준 딸랑이를
가지고 놀았어요.

플로르가 코로 딸랑이를
들어 올리면
예쁜 소리가 났어요!

플로르는 딸랑이를
입속에 넣고 사탕처럼
쪽쪽 빨기도 했어요.

그러다 갑자기
딸랑이를 삼켜 버리고는
어쩔 줄 몰라 했어요.

숨이 막힌 플로르는
코를 부르르 떨었어요.
셀레스트 왕비가 달려왔어요.

셀레스트 왕비가 플로르를
거꾸로 들고 흔들었어요.
딸랑이는 나오지 않았어요.

다행히도 제피르가
플로르의 입에 손을 집어넣어
딸랑이를 꺼냈어요.

플로르는 큰 소리로 울었어요.
셀레스트 왕비가 플로르를
달랬어요.

누워만 있던 아기들은 이제 앉아서 놀 수 있을 만큼 자랐어요.
바바 왕은 폼을 코에 앉히고 올렸다 내렸다 하며 놀아 주었어요.

코넬리우스는 상아 끝에 그네를 매달아 알렉산더를 태웠어요.
플로르는 폼과 알렉산더보다 먼저 걸음마를 시작했어요.

간호사가 아기들을 커다란 유모차에 태워 산책하러 나갔어요.
오랫동안 바깥을 돌아다니기에 아기들은 아직 어렸어요.
간호사가 아더에게 부탁했어요.

"날씨가 꽤 춥구나.
아기들이 감기에 걸리지 않게 집에 가서 스웨터를 가져와야겠어.
그때까지 아기들을 좀 돌보아 주겠니?"

아더는 자랑스럽게 유모차를 밀었어요.

앞으로 스무 걸음, 돌아서 스무 걸음,
돌멩이를 피해서 조심조심 밀었어요.
그때 어디선가 군인들이 행진하는 소리가 들려왔어요.
아더는 군인들을 보려고 몸을 돌렸어요.
그런데 아더와 유모차가 있던 곳은 내리막길이었어요.
유모차가 눈 깜짝할 사이에 굴러가기 시작했어요.
폼, 플로르와 알렉산더는 신이 나서 까르르 웃었어요.
아더는 화들짝 놀라 유모차를 잡으려고 달려갔어요.

유모차는 점점 더 빠르게 내려갔어요.
아더는 있는 힘을 다해 따라갔어요.
스웨터를 가지고 온 간호사도 뒤를 따라갔어요.
아더는 가슴이 쿵쾅거렸어요.
조금 더 내려가면 내리막길은 휘어져서 깊은 골짜기로 이어져 있었어요.
만일 유모차가 낭떠러지로 떨어진다면…….
생각만 해도 정말 끔찍했어요!
마침 산책하고 있던 거북이 마르타가 위급한 상황을 알아차렸어요.

느린 걸음이지만 마르타는 서둘렀어요.
그리고 유모차가 낭떠러지로 떨어지려는 순간,
바퀴 아래로 몸을 던졌어요.
빠르게 달리던 유모차는 갑자기 멈추는 바람에 뒤집어지려고 했어요.
폼과 플로르는 유모차 덮개 덕분에 무사했지만,
알렉산더는 그만 앞으로 튕겨 나가고 말았어요.
간호사는 너무 놀라서 비명을 질렀어요.

"안 돼!"

다람쥐들이
간호사의 비명 소리를
들었어요.
그리고 잠시 뒤,
나뭇가지가 부러지는
소리도 들었어요.
둘은 나뭇가지에 걸린
아기 코끼리를
발견했어요.

"살려 주세요!"
알렉산더가 소리쳤어요!

"아기 코끼리야, 힘을 내! 나뭇가지를 꽉 잡아!"

다람쥐들이 소리쳤어요.

"중심을 잡고, 발을 커다란 나뭇가지 위에 올려놓아.
우리가 그리로 갈게."

다람쥐 한 마리가 말했어요.

"이제 내 꼬리를 잡고 조심조심 따라와.
우리 집에 가서 좀 쉬는 게 좋겠어."

얼마 후 알렉산더는 다람쥐 집에 도착했어요.

다람쥐들을 만난 건 행운이었어요.
다람쥐들이 아니었다면 더 큰일을 당했을지도 모르니까요.
하지만 높은 나무에서 어떻게 내려가야 할지 막막했어요.
마침 그곳을 지나던 기린이 알렉산더에게 말했어요.

"아기 코끼리야, 내 머리에 올라앉으렴.
내 뿔을 잡으면 안전할 거야.
너의 부모님을 알고 있으니, 내가 데려다 줄게."

알렉산더는 그제야 마음이 놓였어요.

알렉산더는 다람쥐들에게 고맙다고 인사하고,
기린의 머리에 올라앉았어요.
기린은 알렉산더가 떨어지지 않게 천천히 걸었어요.
소식을 전해 들은
바바 왕과 셀레스트 왕비가 달려왔어요.
알렉산더가 무사한 걸 보고는
기뻐서 어쩔 줄 몰라 했어요!
아더는 만세를 불렀어요.

몇 달이 지난 어느 날, 바바 왕은 소풍을 가기로 했어요.
날씨는 화창했고, 가족들 모두 즐거웠어요.
코넬리우스는 좀 피곤했지만 그래도 신이 나서 따라갔어요.
다 함께 풀밭에 둘러앉아 맛있게 점심을 먹었어요.

식사가 끝나자, 바바 왕은 낚시를 하러 갔어요.
코넬리우스는 나무 그늘에 누워 잠을 잤어요.
알렉산더가 코넬리우스의 모자를 뒤집어쓰고 걸어 다녔어요.

"꼭 거북이 같아." 폼이 말했어요.

아이들은 강가로 갔어요. 알렉산더는 모자를 배처럼 띄우고 올라탔어요.
모자는 강물 위를 둥둥 떠다녔어요.

하지만 모자는 곧 물살을 타고 흘러갔어요.
알렉산더는 신이 났지만 폼과 플로르는 불안해졌어요.

'어떻게 모자를 잡지?'

플로르가 울면서
셀레스트 왕비에게 뛰어갔어요.
폼은 강가를 따라 달리며 말했어요.

"알렉산더, 돌아와! 오리들아,
제발 알렉산더 좀 데려와 줘!"

하지만 오리들은
그냥 날아가 버렸어요.
폼이 갑자기 소리를 질렀어요.

"조심해! 악어야!"

알렉산더가 뒤를 돌아다보고는 그만 울음을 터뜨렸어요.

바바 왕은 배에서 낚시를 하고 있다가 알렉산더의 목소리를 들었어요.
바바 왕은 좋지 않은 일이 생겼다는 것을 바로 알아차렸어요.

바바 왕은 배에 있던 닻을
악어 입속으로 던졌어요.
입에 닺이 걸린 악어가 버둥거리자,
강물이 출렁거렸어요.
그 바람에 모자가 뒤집히고,
알렉산더는 강물에 풍덩 빠졌어요!

바바 왕은 재빨리 강물로 뛰어들어
코로 알렉산더의 귀를 잡았어요.
그리고 알렉산더를 무사히 건져 올렸어요.
악어는 도망치려고 했지만
닻에 걸려 꼼짝도 할 수 없었어요.

물에 흠뻑 젖은 바바 왕과 알렉산더 주위로 새들이 몰려들었어요.
바바 왕이 새들에게 부탁했어요.

"셀레스트 왕비에게 가서 안심하라고 전해 주세요.
갈아입을 새 옷과 마실 것을 준비해 달라는 말도요.
그리고 오리 여러분!
강물에 빠진 왕관과 모자 좀 건져 주시겠어요?"

집에 돌아온 알렉산더는 셀레스트 왕비에게 뽀뽀를 했어요.

셀레스트 왕비는 알렉산더를 씻긴 다음

침대에 눕히고 이불을 덮어 주었어요.

아더, 제피르, 폼과 플로르는 아직도 흥분이 가시질 않았어요.

홍학이 왕관과 코넬리우스의 모자를 가져왔어요.

바바 왕이 코넬리우스에게 말했어요.

"모자가 망가지기는 했지만, 그래도 괜찮으시죠?

먼 훗날 좋은 추억이 될 거예요."

아기 코끼리들은 모두 잠들었어요.
바바 왕과 셀레스트 왕비도 잠을 자러 갔어요.
이제야 마음이 편안해졌어요.

바바 왕이 한마디 더 했어요.

초보 아빠 바바 왕의 아기 예찬

주위에 온통 바보들이 늘어난다. 딸 바보, 아들 바보 들이다. 자식이란 이렇게 바보가 되어도 좋을 만큼
절절한 사랑의 대상인 것인가. 한 집안의 가장이 된다는 것, 게다가 아버지가 된다는 것은 과연 어떤
의미일까? 코끼리 나라에 있는 또 하나의 자식 바보 바바 왕을 만나 이야기를 들어보았다.

네, 아이들과 함께 지내다 보니 하루가
어떻게 지나가는지 모르겠습니다.
아이들 얼굴만 바라보고 있어도 시간이
금방 흐르니까요.
특히 잠자는 아이들의 모습은 꼭 천사 같습니다.
하늘이 내려준 선물이라고나 할까요.

아기가 태어날 거라는 말을 들은 순간부터
저는 아무것도 할 수가 없었습니다.
무엇을 해도 머릿속에는 온통 아기
생각뿐이었으니까요. 어떻게 생겼을지, 누구를
닮았을지, 딸일지 아들일지 모든 게 다 궁금했고,
혹시 아기가 아프면 어쩌나 하고 문득 걱정이 되기도
했습니다. 셀레스트는 이렇게 안절부절못하는 저에게
바람이라도 쐬고 오라고 했지요.

그런데 하필 제가 자전거를 타러 나갔을 때 축포가
울리더라고요. 허겁지겁 궁으로 돌아오는데 연이어
두 발의 축포 소리가 더 들렸습니다.
순간 저는 무슨 큰일이 난 줄 알고 깜짝 놀랐습니다.
정신없이 왕비의 방으로 가 보니 글쎄 아기가 셋이나
있는 게 아니겠어요?
너무 감격해서 저도 모르게 눈물이 흘렀습니다.
모두가 무사해서 기뻤고, 또 한꺼번에 공주와
왕자들을 얻었으니 더 바랄 게 없었습니다.
그 순간만큼은 제가 세상에서 가장 행복한 코끼리
였지요.

전에는 하루 일과가 온전히 내 자신을
중심으로 돌아갔다면, 이제는 모든
생활의 중심이 아이들에게 맞추어진다는
것입니다. 물론 코봉이 기자처럼 아이가 없는 분들은
그런 얽매임이 좀 답답할 거라 생각할 수도 있지만,
아이는 자신의 모든 것을 기꺼이 바칠 수 있을
만큼 대단한 존재입니다. 삶에 아무리 어려운 일이
닥치더라도 꿋꿋이 버텨내야 할 이유이자 희망이
생긴 것이니까요.

또한 내 아이를 키움으로써 다른 아이들까지
마음으로부터 사랑할 수 있게 되었고, 다른 부모의
심정까지도 헤아릴 수 있게 되었습니다.
이것은 머리로만 이해할 수 없는 특별한 감정입니다.
따라서 저는 아이들을 통해 제 사랑의 깊이가 더욱
깊어지고, 이해의 폭이 더 넓어지게 되었다고 말씀
드리고 싶습니다. 그리고 모든 것에 감사하는 마음을
가지게 된 소중한 경험을 여러분과 함께 나누고
싶습니다.

생각만 해도 정말 아찔한 사고였습니다.
지금도 식은땀이 나는 걸요. 아이들도
제법 컸고 해서 강가로 소풍을 갔습니다.
식사 후에 저는 낚시를 했고, 코넬리우스는 잠시
낮잠을 즐겼고, 셀레스트는 아더와 짐을 정리하고
있었어요. 아이들 셋은 풀밭에서 놀고 있었고요.
그런데 알렉산더가 코넬리우스의 모자를 강물에
띄우고 올라탔어요. 모자 보트는 물살을 타고 점점 강
한가운데로 갔는데 갑자기 악어가 나타난 거예요.
그때 제가 알렉산더의 울음소리를 듣지 못했다면
아마 큰일이 났을 겁니다. 직감적으로 위험한 상황을
알아차린 저는 무조건 물속으로 뛰어들었어요.
다행히 물에 빠진 알렉산더를 빨리 발견하여 무사히
집으로 돌아올 수 있었습니다. 정말 하늘이 도운 것
같습니다.

그러게 말입니다. 그때는 많은 분들의
도움으로 알렉산더가 무사할 수 있었습니다.
온몸을 던져 유모차를 막아 준 거북이
마르타, 나무 위에서 알렉산더를 구해 주고
안심시켰던 다람쥐들, 알렉산더를 머리 위에 태워
우리에게 데려다 주었던 기린…….
이 자리를 빌려 도움을 주신 분들 그리고 걱정해 주신
모든 분들께 다시 한 번 감사의 말씀을 드립니다.
그리고 이렇게 어려운 일이 생겼을 때 온 동물
마을이 서로 도우며, 화목하게 지낼 수 있게 된 것이
무엇보다도 기쁘고 감사합니다.

폼은 모든 일에 신중한 편인데 알렉산더는
호기심이 많고 덜렁대는 편입니다.
플로르는 똑똑하고 애교가 많고요.
한 부모 밑에서 태어났는데 다 다른 성격을 가졌다는
것이 참 신기합니다. 지금 바라는 것은 그저 아이들이
아프거나 다치지 않고 건강하게 잘 자라주었으면
하는 것입니다.
나중에 커서는 자신들이 좋아하는 일을 하면서
사회에 도움이 되는 코끼리가 되었으면 하는
것이고요.

아이들의 미래가 우리의 미래입니다.
아이들이 아무 걱정 없이 건강하게 잘
자라고, 자기가 하고 싶은 일을 하면서
즐거운 삶을 살게 하기 위해서는 우리 사회 구조와
시스템이 이를 뒷받침해 주어야 합니다. 그리고
이러한 토대를 만드는 것은 당연히 우리 어른들의
몫이겠지요. 우리 코끼리 마을의 아이들이 모두
내 아이라는 생각으로 아이들을 보살피고 지켜
주겠습니다. 여러분도 부디 그렇게 해 주시기
바랍니다.

한층 더 성숙해진 바바 왕을 보면서 자식에 대한
사랑이야말로 신이 부여해 준 커다란 능력이 아닐까
생각되었다. 또한 자식에 대한 수직적 사랑이 수평적
확대를 통해 다른 이에게로 옮겨 가리라는 바바
왕의 믿음은 우리 코끼리 마을에 꼭 필요한, 아니 전
동물 마을을 위한 희망의 메시지였다. 그렇게 된다면
정글에서는 더 이상 싸움이 없는 평화의 시대가 올
것이다. 그날이 어서 오기를 바란다.

글· '셀레스트빌 마을 신문' 기자 **코봉이**

그림책을 예술로 승화시킨
장 드 브루노프

프랑스의 작가이자 바바를 창시한 일러스트레이터로 잘 알려져 있는 장 드 브루노프(Jean de Brunhoff)는 1899년 12월 9일, 출판인이었던 아버지 모리스와 어머니 마거리트의 막내아들로 태어났습니다.

제1차 세계 대전이 거의 끝나갈 무렵에 참전하였다가 돌아온 후, 프로 작가가 되기로 결심한 그는 파리의 그랑드 쇼미에르 아카데미에 다니며 그림 그리는 일에 몰두하였습니다.

재능 있는 클래식 피아니스트였던 세실 사보로드와 1924년에 결혼하여 이듬해에 첫째 아들 로랑을, 그 이듬해에 둘째 아들 매튜를, 그리고 9년 후에는 셋째 아들 티에리를 낳고 행복한 가정을 꾸렸습니다. 하지만 불행하게도 폐결핵에 걸려 1937년 10월 16일, 그의 나이 겨우 37세로 세상을 떠났습니다. 그의 유해는 파리에 있는 페르 라세즈 공동묘지에 안장되어 있습니다.

바바의 탄생

어린이 그림책의 역사에 있어서 중요한 의미를 지니는 바바 책은 장(Jean)의 아내 세실이 아이들을 위해 만든 이야기에 기초하고 있습니다. 세실은 잠자리에서 아이들에게 이런저런 이야기를 들려주곤 했습니다. 그 중에서도 아이들은 사냥꾼에 의해 엄마를 잃고, 정글을 떠나 도시로 오게 된 어린 코끼리 바바에게 푹 빠져들었습니다. 장은 아이들과 함께한 소중한 추억을 남기고 싶은 마음에서 이 이야기를 그림책으로 출간하였습니다.

처음 나왔을 때의 책은 커다란 판형으로, 필기체로 쓰인 글에 수채화 형식의 그림이 통합되어 있었습니다. 장면 구성의 혁신성, 단순한 단어와 문장들, 가족애와 우정에 기반한 자유로운 코끼리 사회의 묘사로 바바 책은 출간되자마자 폭발적인 인기를 얻었습니다. 또한 그림책도 예술 작품처럼 감상할 수 있다는 발상의 전환은 당시로서는 아주 획기적인 것이었습니다.

첫 번째 책인 〈바바 이야기 Histoire de Babar〉 이후에 6권이 더 발간되어 장은 모두 7권의 작품을 남겼습니다. 아버지의 뒤를 이어 장남 로랑은 1946년부터 지금까지 계속해서 바바 시리즈를 이어 가고 있습니다. 이제 바바는 프랑스의 위대한 유산이 되었고, 전 세계 어린이들의 사랑을 받고 있습니다.